桂图登字：20-2008-170

Yellow Umbrella by Liu, Jae-Soo
Noran Woosan(Yellow Umbrella)
© 2007 by Borim Press, Korea

图书在版编目（CIP）数据

黄雨伞：新版／（韩）柳在守著；（韩）申东一作曲．—2版．—南宁：接力出版社，2015.5
ISBN 978-7-5448-3890-0

Ⅰ.①黄…　Ⅱ.①柳…②申…　Ⅲ.①儿童文学－图画故事－韩国－现代　Ⅳ.①I312.685

中国版本图书馆CIP数据核字（2015）第069091号

责任编辑：唐　玲　　文字编辑：海梦雪　　美术编辑：卢　强
责任校对：贾玲云　　责任监印：陈嘉智　　版权联络：金贤玲

社长：黄　俭　　总编辑：白　冰
出版发行：接力出版社　　社址：广西南宁市园湖南路9号　　邮编：530022
电话：010-65546561（发行部）　　传真：010-65545210（发行部）
http://www.jielibj.com　　E-mail:jieli@jielibook.com

印制：北京华联印刷有限公司
开本：889毫米×1194毫米　1/16
印张：2.25　　字数：20千字
版次：2009年5月第1版　2015年5月第2版　　印次：2018年12月第4次印刷
印数：24 001—29 000册
定价：38.00元

HUANG YUSAN XINBAN

黄雨伞 新版

[韩] 柳在守 著 [韩] 申东一 作曲

接力出版社
Publishing House

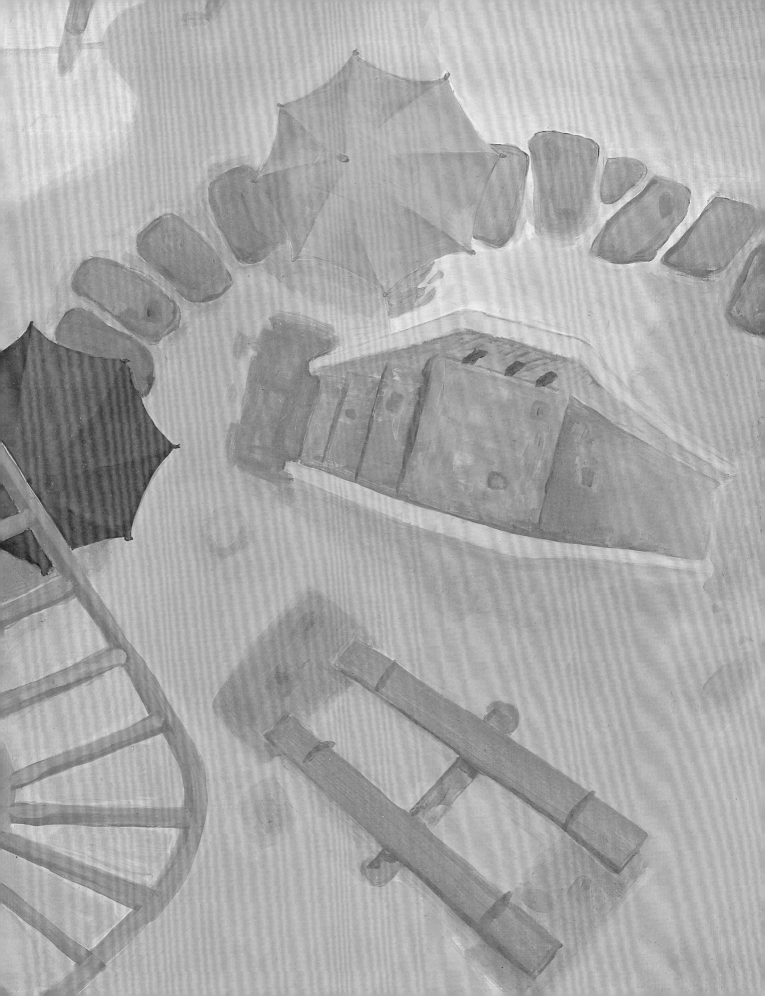

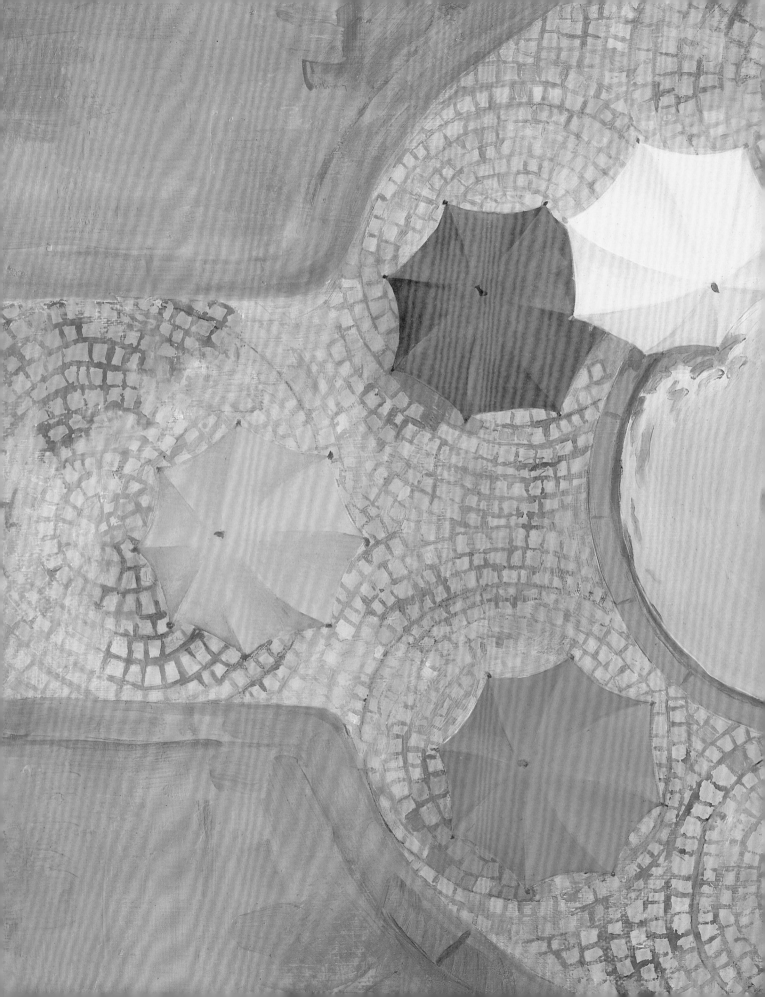

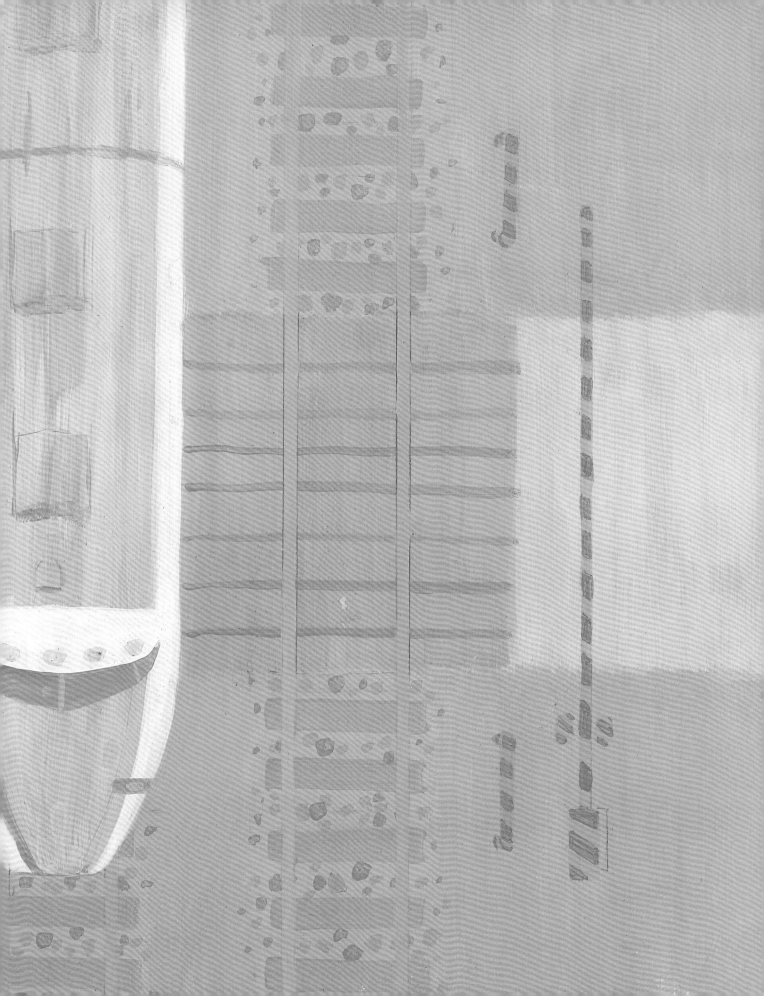

关于本书

这是一本美丽无比的图画书。

雨中，一把黄色的雨伞飘动在小路上。一会儿，蓝雨伞、红雨伞、绿雨伞也飘来了，它们飘过路口，飘过游乐场……看上去像是万紫千红的花朵。

雨中的雨伞，是那样神奇，那样美丽，让人惊叹，让读者体会自然之美。

每把小伞下面都有一个秘密，伞和伞之间都有故事。图中没有一个文字，为读者提供了想象空间，让他们感受幻想之美。

本书随书附赠CD，十三段音乐，或轻柔欢快，或悠扬甜美，与画面相互呼应，让读者享受音乐之美。

每个画面中，都有不同颜色、不同数目的雨伞，让读者在美丽的画面中认识数字、颜色，体味认知之美。

关于作者

柳在守毕业于韩国弘益大学绘画专业，因参与名为"海松"的托儿机构的活动，对韩国儿童文化的发展现状产生了兴趣。这段经历也成为之后很长时间他创作儿童图画书的基础。他在担任美术教师期间，以"我的图画书"为题，开展了美术教育改良运动。目前是韩国"南北文化整合教育院"和"儿童的好朋友"协会会员，致力于南北儿童文化交流工作。作品有《白头山的故事》《在妈妈怀中睡着》《石头和长寿梅》等。本书于2002年被《纽约时报》评为"年度最佳图画书"。

关于作曲者

申东一毕业于首尔大学音乐学院作曲专业，并在纽约大学获得硕士学位。2003年获得"今天的年轻艺术家"奖，2004年获得"KBS国乐大奖"。目前为儿童音乐企划公司"汤姆的房间"及作曲者组织"作曲庭院"的首席代表，还兼任韩国民族音乐人协会常任理事，并在韩国艺术综合大学和首尔大学授课。作品有钢琴曲专辑《蓝色自行车》《越快的世界》，童谣集《蟋蟀》《空房间》，音乐剧《故事爷爷和奇怪的夜晚》。

作者感言

很久以前，那时候我还是女子中学的美术老师。一个学生在自己的练习本上画了一颗星星，是让人联想起奶牛花纹的斑点状的星星。"这可真是一颗奇怪的星星，有什么意义吗？"

"没有什么意义，只是这颗星星的特点而已。"学生简单地回答后，继续画着。看来，在她的眼里，我的问题很无聊。某个雨天的清晨，望着窗外正在上学的孩子们，《黄雨伞》的雏形浮现在我脑海中。之后，我花了很多时间收集有文学意义或能够唤起文学想象的元素，再像蒸发一摊水一样，有意识地一个个排除，最后只表现纯粹而透明的视觉形象。《黄雨伞》所要承载的是以艺术的内在价值为核心的绘画本身的美丽，是年幼的灵魂身上闪耀的颜色不规则地交织在一起构成的多姿多彩的和谐。《黄雨伞》问世后，一些喜欢寻根究底的成年人向我提出各种各样的问题时，我回答他们："没有什么意义，只是表达了颜色之间愉快的节奏，这就是这本图画书的特点。"

原野上的节日

魔法象
图画书王国

导读手册

GUANGXI NORMAL UNIVERSITY PRESS
广西师范大学出版社

一小片原野上的无限奥秘

张小蜂／科普专栏作者

翻开这本《原野上的节日》，童年的一幕幕便不由自主地从我脑海里涌现出来。

在胡同里长大的我，小时候最期待的便是放暑假了。每天早早地赶完暑假作业后，便尽情地在院子里观察蚂蚁搬家，还常常故意用面包渣去吸引蚂蚁。雨后的傍晚，拿着手电筒和小伙伴们一起去附近的公园，寻找刚刚从土洞中钻出来的知了猴，然后把它们带回家，放在纱窗上，观察它们羽化。当然往往因为熬不了太久便睡去，早上醒来只看见一只只空壳挂在纱窗上，而知了正在窗户一角寻找出口，期待着展翅飞翔的新生。

探索大自然给我的童年带来的乐趣，是很多事物无法比拟的。然而如今，城市化建设加快了生态环境的恶化，对生活在城市里的孩子来说，身边可供玩耍的土地越来越少，他们已经鲜有机会享受亲近自然的乐趣了。

大自然就像一座宝库，藏着数不尽的奥秘。哪怕只是将目光聚焦于一小片原野，我们也能发现无穷的乐趣。这便是《原野上的节日》带给我的最直观的感受。

这本由日本儿童出版美术家联盟会员近藤薰美子主笔的图画书，向孩子们展现了自然界中那些不起眼的昆虫们是如何生活的。书中对昆虫的各种生活习性的展现既具科学性，又不失趣味性，尤其对各种昆虫的身体结构特征，画得非常到位。与其他图鉴手册单一乏味地从分类角度介绍物种不同，本书以一年十二个月为时间轴，将同一时间段出现的动植物联系到一起，以拟人的手法来呈现虫子们的生活。

画面中的各种虫子看起来毫无关联，实际上却隐晦地诠释了自然界生态系统中的生态位、食物网关系等概念，让孩子们在阅读过程中捕捉到自然物种间的微妙联系。如画面中出现的许多植食性昆虫——蝗虫、叶蜂的幼虫，它们通过取食植物，将植物有机体转化为自己的能量；而螳螂等又以蝗虫、叶蜂等昆虫为食……这一条条食物链交错起来，便形成了食物网。

蝗虫幼虫

叶蜂幼虫

螳螂

龙虱

负子蝽

螳蝎蝽

入侵本地生态系统的龙虾，都在仰望池塘之上，欣赏夜空中一闪一闪的萤火虫的烟花晚会。

石蛾幼虫

值得一提的是，书中同一场景出现的动植物，并不是作者胡乱拼凑在一起的，而是有科学依据的。有的场景让我们看到不同的物种为了适应相同的环境而发生的趋同进化。比如，生活在池塘中的龙虱或负子蝽等水生昆虫为了适应水中生活，渐渐长出能够划水的泳足；而螳螂和螳蝎蝽这些捕食者为了能够迅速而准确地抓住猎物，也进化出了镰刀般的捕捉足。而有的场景则为我们揭示了物种间密切的相互作用的关系，诸如捕食、授粉等。在漫长的自然演化进程中，无论是蜜蜂与蝴蝶，还是二者与作为给它们提供食物来源的花朵，它们相互间的关系并不是一朝一夕就能建立起来的。而作者通过巧妙的空间规划及场景设置，将它们自然联系到了一起。

书中最吸引我的有两个场景。第一个是描绘水生生物的那个场景。大人们往往认为水边太危险，这也使之成为孩子们的玩耍禁地。殊不知，水里生活的小生物比陆地上的更为丰富。在这个场景我们看到，无论是圆圆胖胖的龙虱，还是善于利用小石子筑巢的石蛾幼虫，抑或是在日本和中国都已成功

另一个是秋季里，蚂蚁们吭哧吭哧地搬运一具知了尸体的场景。秋天是一年中丰收的季节，但它也代表着盛夏的远去，许多小生命在这个季节或冬眠，或逐渐逝去。在这个季节，我们很容易看到知了的尸体。它们在地下度过了生命中绝大部分黑暗时光，在盛夏雨后的夜晚从泥土中钻出。看似获得新生的它们，展翅飞翔却只为繁殖下一代而歌唱。知了完成了它们生命中的大事后便安静地离开，残留的躯体却成为蚂蚁们过冬的食材。

作者笔下的原野、山坡等生态环境是我童年记忆中的一部分，却是现在的孩子们难得一见的场景。我想作者可能也是希望孩子们在阅读本书的过程中联想到环境——或者更专业地说是栖息地——对生活在其中的动植物们的重要性：我们人类的生活离不开马路、下水道、高楼大厦，而动植物们的生活亦不能缺少河流、土壤和阳光。

这是一本蕴含丰富自然知识的图画书，书中的很多生物都是周围环境中极易看到的，只是我们常常忙于生活而对之视而不见。或许这本内容丰富而又不失趣味性的图画书，会唤醒我们向往自然的那颗纯真的心。

🐘 媒体推荐

　　作为图画书，《嗨，你好！》削弱了自然残酷的一面，突出了生命的活力与多样，让所有生命的交会都显得格外美好。树是一切生命活动的核心，是小动物的住房和餐厅。树木的任何部分都有其存在的价值：嫩芽、花朵、树叶为其他生命提供了食物，树干、枝条、根系提供了活动场所，即便是落叶也有很重要的生态学意义。

　　　　　　—— 严莹（昆虫生态学硕士、《酷虫成长记》作者）

　　《嗨，你好！》中淡然开放、随四季荣枯的樱花，既是日本国民的挚爱与日本的象征，同时展现出作者顺应无常生命的豁达与乐观。作者在《原野上的节日》中写道："献给所有欢庆节日的生命。"而只有热爱生活的生命才会把生命旅程中的每个时刻，无论悲喜都过成节日。

　　　　　　—— 庄维嘉（北京航空航天大学新媒体艺术与设计学院副教授）

　　每一年樱花季的时候，吉野山挤满了来赏花的人。樱花专列一趟接着一趟，周边的商店热闹极了。但是，在其他时候，吉野山却冷冷清清，人们似乎忘记了樱花树的存在。其实，不管人类关注或是遗忘，樱花树就在那里，看尽历史的沧桑变化，遇见该遇见的，与大自然的其他生命发生关联。

　　　　　　—— 近藤薰美子（日本图画书作家、《嗨，你好！》作者）

著绘者简介

近藤薰美子（Kaorumiko Kondo）

　　日本知名图画书作家。毕业于京都成安女子短期大学美术设计系，目前是日本儿童出版美术家联盟会员。

　　她以独特的视角、细腻的画风及饱满的色彩，创作出别具一格的自然图画书，将大自然的美丽表现得淋漓尽致。她还善于以四季轮转为大背景，把生命的珍贵与强韧，用细腻且幽默的图画传达给孩子。代表作有《原野日记》《嗨，你好！》《种子笑哈哈》等。

《嗨，你好！》

扫码购买

感受大自然生生不息的活力，珍惜和每一个小小生命相遇的瞬间。近藤薰美子献给孩子的生命教育图画书。

〔日〕近藤薰美子 / 著·绘

李 丹 / 译

定价：36.80 元

印张：2

开本：16 开

适读：2~4 岁、4~8 岁

出版：2018 年 7 月

领域：科学、社会、艺术

装帧：精装

要点：自然、虫子、樱花

ISBN：978-7-5598-0409-9

🐘 内容简介

　　春天到了，第一朵樱花开放了，蜜蜂为了采蜜飞来与樱花邂逅，大家从互相问好开始一年的新生活。接着，夏天来了，满树的樱花随风飘落，樱花树上开始长叶子、结果实，树上的动物也越来越多，大家热热闹闹地生活着。秋天，树叶落下，动物们都躲到叶子下面，它们一边互相问好，一边商量越冬的策略。冬天，大雪覆盖了一切，看不见生命的痕迹，动物们有的在休养生息，有的结束了短暂的一生。转眼春天又来了，樱花开了，蜜蜂飞来打招呼，但发现这朵樱花已经不是去年的那一朵。

　　四季一年又一年循环往复，生活瞬息万变，我们要珍惜当下，珍惜和每一个生命相遇的瞬间，让所有生命的交会都变得美好。

聚焦一虫一草，奏响生命的赞歌

庄维嘉／北京航空航天大学新媒体艺术与设计学院副教授

有位妈妈曾对我感叹道："有一天，我突然发现小区里的花儿开了，莫名兴奋。在此之前，我从来也没留意过花开花落，寒来暑往，只顾匆匆赶路。"

是啊，我们整天忙忙碌碌，却不知在我们身边甚至脚下，生命正在日夜不停演奏着赞歌。

《嗨，你好！》和《原野上的节日》正是能让人在忙碌的生活中放慢节奏的作品。无论是从一朵柔弱的樱花开始讲述四季轮回的《嗨，你好！》，还是从小昆虫的视角对原野上的春夏秋冬进行细致入微描述的《原野上的节日》，都饱含着震撼人心的生命力量。

《嗨，你好！》的内在张力来自诗歌般的叙事节奏，四季鲜明的色彩奏出了一曲节奏分明的生命咏叹调。除去扉页和最后一页，正文共有 15 个跨页，开篇四个跨页描写春日里从第一朵樱花盛开到满树樱花逐渐盛放的过程。接着，一阵风拂过，花瓣七零八落。未来得及惜春，果实初现，让人禁不住满怀喜悦。作者用彩铅不遗余力地刻画出一叶一虫在夏季里不断成长的形态与细节。彩粉质地松软柔和，能很好地描绘出逐渐炎热的空气的特点，另外，作者用后期提亮的手法突出描绘了盛夏时节穿过树梢的强烈光线。这几页的色调由嫩黄转至深绿，充满了旺盛的生命力。然后，象征离别与丰收的秋冬到来了。

接下来的三个跨页是由夏至秋再入冬的连续转变：樱花树树林沐浴在阳光之下闪闪发亮，很快金秋落叶铺满地，转眼间一朵轻柔的雪花飘落在茁壮的冬芽上，万物肃杀的冬季也被赋予了柔和的生气。这种连续转变的结构正好处于叙事线索的黄金分割点上，让读者感受到生命的无常也是一种常态。在文末来年春天的画面中，为了与之前的严冬形成更加强烈的对比，作者采用粉红与黄绿等艳丽明媚的色彩表现自然永不停息的前进步伐。同时全文采用"4-4-3-4"的结构，每个段落的首页都有承上启下的作用。文末那朵似曾相识的樱花呼应故事的开头，使全文的循环结构非常完整：又是一年春来

到，然而此春天已经非彼春天啦。

《原野上的节日》虽然也采用聚焦一虫一草的细腻视角描写四季，然而叙事节奏与《嗨，你好！》有些不同：正文共 12 个跨页，由三页春、三页夏、三页秋、两页冬和一页来年春构成，一月一页，均衡施墨。而视觉效果非常强烈的第七页可以看作整本书叙事结构的分水岭：

一群蚂蚁喊着口号，抬着一只巨大的蝉。枫叶的色调暗示此时已入深秋，蝉的生命到了尽头，身体成为蚂蚁们用来越冬的干粮。自然的循环，被近藤薰美子用蚂蚁们齐心合力、浩浩荡荡抬轿子的"丰收节"，表现得热热闹闹。在此之前的所有画面，作者着重描述春夏季生命的丰美与生长，从第七页开始，转入描绘秋冬季里生命的凋零与离开。全文一头一尾两页描绘春天的页面和前后两张密密麻麻的节日目录页，使全文结构更加完整。

在近藤薰美子的作品中，另一个难能可贵的特点就是她把生老病死的自然规律与童趣盎然的故事神奇地结合到一起。在《原野上的节日》中，这种旺盛的生命力被表现得更为幽默。春去秋来、生老病死这些自然法则，被近藤薰美子用描绘虫虫草草们在热热闹闹地过节这样让人感动的方式呈现出来。即便是三月的"白白等候日""山茶落花节"，十二月的"不过冬天的昆虫惜别会""朽木节""枯树会议"这些暗含着失望、离别和生命消逝主题的日子，也被演绎成生命中欢乐的节日，颇有中国人在"红

〔荷〕文森特·梵高《星空》

白喜事"中所表现出的对生命的通达。

书中每一个画面无时无刻不在传递着生命的繁盛和转瞬即逝的特征。如第四个跨页：

一群水族在水里观看着萤火虫烟花。如此神奇的水中视角，让我们好像看到了梵高笔下充满魔力的杰作——《星空》。秋季来临，萤火虫的生命即将走到尽头。这是萤火虫的告别之舞。

《嗨，你好！》中淡然开放、随四季荣枯的樱花，既是日本国民的挚爱与日本的象征，同时展现出作者顺应无常生命的豁达与乐观。作者在《原野上的节日》中写道："献给所有欢庆节日的生命。"而只有热爱生活的生命才会把生命旅程中的每个时刻，无论悲喜都过成节日。

就让我们走进近藤薰美子的作品，跟着这些生命踏上节日之旅，去发现更多惊喜和感动吧。

为你朗读，让爱成为魔法！